호루라기

호루라기

배달호 노동열사 추모 시집

갈무리

배달호 노동열사 추모시집을 내면서

2003년 1월 9일 우리는 보았다. 바닷바람이 세차게 불어닥치는 민주광장에서 아침부터 호각을 불었던 한 사람을, 우린 또, 보았다. 차가운 시멘트 바닥에 맨몸으로 누워 노동자의 살 떨리는 현실의 삶을 고발하는 한 늙은 노동자의 처절한, 마지막 모습을 보았다.

우린 또, 보았다. 날벼락 같은 소식을 접하고 하늘이 무너지는 현실 앞에 기절하는 가족들의 아픔을, 우린 또, 보았다. 전국에서 달려온 수많은 노동자들의 분노가 섞인 함성을 보았다.

그리고 우린 또, 보았다. 끝이 보이지 않는 자본의 욕심을 보았다. 돈에 날이 밝고, 돈에 해가 지는 자본의 세상 한가운데서 살고 있는 노동자의 처절한 현실을, 그리고 우린 또, 보고 들어야만 했다. 가장 공평해야 할 사법부의 편애함을, 국민의 심부름꾼이 되어야 할 정치가의 오만함을, 가진 자의 편에 빌붙어 목숨을 아부하는 언론을 보았다.

우린 또, 보아야만 했다. 같은 노동자이면서도 마음을 닫고, 눈을 감고, 고개를 돌리는 부끄러운 모습들을 함께 보고 들어야만 했다.

그리고 우린 또, 보았다. 한 노동자의 마지막 삶이 세상을 좀 더 정의롭고, 좀더 따뜻하고, 좀더 살만한 땅으로 만드는 것을 우린 똑똑히 보았다.

끝없는 자본의 욕심 앞에 노동자들의 삶이란 삶이라고 할 수 없는 지경까지 왔다. 이러한 때에 목숨을 던져 현실을 바꾸고자 했던 한 늙은 노동자가 우리를 부끄럽게 한다. 그러나 마냥 부끄럽게 고개 숙이고만 있을 것인가 우린 스스로에게 묻고 답해야 할 시점을 이미 잃어가고 있다. 이러한 가운데 우리가 할 수 있는 일이란 무엇인가?

객토 문학 동인이 배달호 노동열사 추모 시집을 기획하게 된 것도 이러한 작은 출발점에서 비롯되었다. 막상 열사의 정신에 다가가는 작품을 만들려고 하니 우리의 삶이 얼마나 부끄럽던지, 우린 몇 번이나 술잔을 주고 받아야만 했다. 그리고 전국의 노동시인들과 전국노동자 문학회를 중심으로 추모시를 받고 보니 열사의 삶이 더욱더 값지게 느껴지는 것은 당연한 일이다. 아울러 이 번 기획 시집에 흔쾌히 작품으로 동참해 주신 강웅표, 김영주, 김해자, 남상규, 문동만, 박상경, 박종국, 손상열, 안윤길, 오도엽, 유동렬, 이만호, 이상순, 이영수, 이응인, 장유리, 정규화, 조혜영, 차준국 시인과 여러 선생님들께 진심으로 감사를 드린다.

 마지막으로 이러한 작업이 열사의 정신에 누가 되지 않기를 바라며, 삼가 열사의 명복을 빈다. 아울러 많은 관심과 애정으로 보내주신 옥고가 열사의 정신을 대지에 뿌리 내리게 하는 밑거름이 될 것이라 확신한다.

2003년 7월
〈객토문학〉 동인

차례

배달호 노동열사 추모 시집을 내면서

강웅표

열사여 우리의 투쟁을 지켜주소서
— 故 배달호 열사의 죽음을 애도하며

가슴으로 울어봅니다.
마음으로 울어봅니다.
그러나 왜 이렇게 눈물이 나오고 흐느껴지는 것입니까?
두산자본의 탄압에 신음하던 우리의 모습을 보고
그렇게 안타까워 하셨습니까?
20년 넘게 출근한 길목에서
그렇게나 보일러 동지들 곁에서 떠나기 싫었습니까?

두산자본의 노조 죽이기에 한발 한발 물러나 빼앗기는
그 모습이 동지를 산화해가게 하였습니다.

배달호 동지여!!

또 눈물이 나옵니다.
이렇게 가시려면 우리에게 욕이나 하고 가지요.

그 환한 웃음 속 동지의 깊은 뜻을 저희는 몰랐습니다.
언제나 과묵하고 인정 있는 모습을
옆에서 다시 보고 싶은데 어떡합니까?

가시기 전 동지가 찾아간 구속 동지들
좁은 감방 안에서 얼마나 뒹굴고 울었는지
며칠이 지난 지금까지 눈이 퉁퉁 부어올랐습니다.
그리고 면회 간 동지 앞에서 소리 내 엉엉 울던
그 모습에 함께 울고 말았습니다.

유서를 준비하고 몸에 얹을 기름을 준비하면서
왜 집안의 수도꼭지를 고치셨습니까?
경품에서 형수님이 김치냉장고 당첨되었다고 왜 자랑을
하셨습니까?

우리에게 고민의 모습이라도 보여 주셨더라도
이렇게 피를 토하고 싶은 슬픔은 없었을 것을

두 딸
이름이라도 불러보고 가시지요
둘째 딸을 안고 "못난 아빠 용서하라"며 울었다면서요.
가슴속으로 얼마나 불렀겠습니까?
보고 싶지요?

이제는 남은 우리가 아빠 될게요.

배달호 형님

눈을 떠 봐요.
그 시커먼 모습도 좋으니까
우리랑 같이 살아요
빨리 제발 눈을 떠봐요

이제는 울지 않겠습니다.
이제는 동지의 뜻에 따라
머리띠 다시 묶겠습니다.
동지의 뒤를 이어 반드시 승리 할게요.

노동자 광장 하늘에서 지켜보고 있을
동지의 얼굴에 환하게 웃게 할게요.

민주광장 하늘에서 우리의 투쟁 지켜주십시오.

강웅표 1985년 노조설립 참여. 해고, 복직됨. 한중노조 3대 대의원 역임.
민영화대책위원. 임단협 협상대표. 10대 교육선전부장. 1995년 투쟁 후 구
속. 12대 집행부 수석부위원장. 14대 집행부 지회장 직무대행.

김영주

봄은 오는데

언제쯤 닿을 수 있을까요 거기 찬 기운
미풍에 남아 있어도 춥지 않은
아름다운 땅
파릇하게 온기 머금은 새싹들
손들 어느 가슴에 닿아도
따뜻한 사람

마지막 밤에는 서러운 눈인사
속울음 삼키며 보내었나요
내일이면 건너야 할 불의 강
바람불어 더욱 활활 타오를
화살 같은 몸뚱이 어떻게 추스렀나요

그리워지겠죠 지난 50년
추억할 수 있는 신체의 자유
이제 그런 자유도 없이

잔인하게
남겨진 사람들은
사실적인 그 추억들
비수 될 터인데

다 자란 두 딸의 목소리
조금이라도 담아 가나요
타는 눈빛으로 함께 하던
동지의 맹세
동백꽃만큼 선홍의 피눈물 흘리는
동지들 모습

민주 광장에 약속처럼
새순 돋는데
봄은 참 멀리 있습니다.

김영주 1968년 생. 부천노동자문학회 회원으로 활동하고 있다.

김해자

사랑하기에 충분한 시간

1
설거지하다 무심히 그의 집을 본 순간
티브이 속 기자의 두 팔이 30년 보일러공이었다는
그의 집 거실을 뚫고 방으로 꺾인 순간 식탁 놓을 자리
도 없다
불평하던 우리 집 거실이 출렁출렁 넓어지던 순간
그가 분신했다는 공장 콘크리트 바닥과 농성 중인 깃발
들을 뚫고
좁아터진 집 어딘가에 숨어있을 그의 노모 구부러진 생
애가 보이는
순간 나는 냉동실에 갇혔다

2
시간이 결빙된 곳
뜨겁던 순간에 시계는 멈추고
몇 만 년이나 지났나

화석으로 굳은 몸 아직 뜨겁다
어디선가 날 부르는 소리
냉동실 문 두드리는 소리
나 여깃어 어이 나 여깃어
문드러진 살 떠나지 못한 넋이 외치는데
어라, 짓무른 겨드랑이에서 날개가 돋네
어라, 날개 퍼득여 보니 밖이네 평생을 걷던
보일러실로 날아가다 내 날개가 멈춘 곳
하얀 페인트에 갇힌, 어제의 내 몸, 붉게 타오르다
검게 타들어간 콘크리트 바닥 지나
나도 몰래 날아간 집

얼마를 살았어야 우리 내놓고 사랑할 수 있었을까
방과 방 사이 소리와 소리 사이 방음벽을 치고
숨죽여 나누던 사랑의 시간, 그 짧던 모든 밤들이여
우린 몰래 사랑했다 가난하여 보일러실 불꽃처럼
안으로 타들어가기만 했으니 화석이 되어버린
이 몸뚱이는 뉘 육체를 입고 태어날 것인가 다시

3
한 생애가 불꽃 속으로 타들어간 시간
보일러 통속에서 불길이 한순간 지펴지는 시간
불꽃 속으로 진눈깨비 한 잎 스러지는 시간

그 시간이면 충분한가 내가 나를 사랑하기에

친구의 가난한 호주머니에 지폐를 넣어주는 시간
억만 겁 지나 만난 당신과 나의 눈이 마주치는 시간
어머니의 눈에서 눈물 한 방울 떨어지는 시간
그 시간이면 충분한가 내가 당신을 사랑하기에

연잎을 만난 빗방울 하나 구르는 시간
달빛 한 줄 강물 속으로 스며들어가는 시간
이 풀에서 저 풀로 달팽이가 기어간 시간
이 생에서 저 생으로 날아가 버린 시간
그 시간이면 충분한가 우리가 우리를 사랑하기에
나의 너를 만나기에

김해자 1961년 전남 목포 생. 시집 『無花果는 없다』가 있고 〈디지털노동문
화센터〉에서 일하고 있다. 〈일과시〉 동인.

남상규

그 밤 무슨 일이 일어났나

독감 바이러스가
몸에 불을 지른다
잘탄다
뜨겁다
아프다

아픈 자리에
동지 팥죽이 붉게 끓고
서낭목 아래 흰 시루떡 해놓고
서낭목의 한 부분처럼
서있는 어머니

어머니의 웅얼거림이
날아가는 곳으로
손전등을 비춰본다
환한 빛 막대기

거대한 어둠의 옆구리를
쿡쿡 쑤시며 다니고
끼득끼득 내가 웃었다

불탄 폐허에서
그 밤 어머니가 무엇을 빌었나
옹얼거려 본다

 '끝나는 곳에서 시작인 어둠
사랑은 끝난 곳에서……'
내 옹얼거림은
금새 말이 되어 흩어진다

그 밤에 일어난 일이
어디에서 다시 일어나나

남상규 1967년 생. 부천노동자문학회 회원으로 활동하고 있다.

문동만

창원에서

만장이 나부끼고, 참으로 선했던 한 사내의 초상이 공장
곳곳에 걸려
살아있는 사람들과, 당신이 밟고 다녔던 광장이며,
보일러공장 주조공장 단조공장 제관공장을 훑어보고 있
습니다.
길가에 늘어선 동백은 잎이 푸르러 한참 뒤면 붉은 꽃
피겠고,
해고자들의 가족인 듯한 단란한 일가는 가오리연을
광장하늘에 날리며, 좋아라 웃습니다.
저 연줄은 절대 끊어지지 않아야 합니다.
밤이 들자 희미하던 별이,
짙게 밝아져 멀리 북극성 북두칠성이 선명합니다.
우리는 모닥불에 둘러앉아 호일에 싸서 고구마를 구워
먹고 몇몇은,
꾀를 내어 공장너머에 있는 바닷가로 가서,
회 몇 접시 소주 몇 병 비우고 갯내음 들이키니,

어느 명일밤 못잖게 좋은 밤입니다.
내가 이 곳에 왜 왔는지는 잘 모르겠습니다.
그저 미안하고 쓸쓸하고 그래서 왔던 모양입니다.
좋은 눈물은 맑게 떨어지고 깊은 슬픔의 눈물은 끈적거
립니다.
그리고 저 냉동탑차 안에는 팔뚝이 오그라져 펴지지 않
는다는,
생전 보지도 만나지도 못했던 인연이나,
필연으로 끌리는 한 사람 누워있습니다.
우리는 다시 모닥불 곁으로 둘러앉습니다.
어제는 설이었습니다.

문동만 1969년 충남 보령 생. 1994년 〈삶 사회, 그리고 문학〉 창간호로 작
품활동 시작. 〈일과시〉 동인. 시집 『나는 작은 행복도 두렵다』등이 있다.

박상경

봄날은 간다

사내가 뱃바닥으로 밀어간다
오물로 똥칠한 시장통을 밀어간다
허리 아래
삶의 밑둥이 뿌리째 잘려나간
사내는 손가락에 힘주고, 부여잡은
지구를 빠득빠득 밀어간다
내려다 볼 곳이 없어서 치켜 뜬 두 눈으로
뽕짝가락 힘차게 뱃바닥에 힘주고
봄날 시장바닥 아찔하게 밀어간다

박상경 1977년 생. 구로노동자문학회 회원으로 활동하고 있다.

박종국

동지여, 나 죽었다고 슬퍼하지 말게나
— 배달호 동지의 바램

동지여, 나 죽었다고 슬퍼하지 마라
나 비록 동지들 곁을 떠났지만
노동자로서 가쁜 숨 몰아쉬었을 뿐
난 살아있어
도솔천에 드니 모든 게 편안해지고
지난 내 삶의 편린들이 훑어보이네
처절했던 노동탄압과 그
악랄했던 노동족쇄, 그
피폐했던 인간성 파괴에도
우리 흔들리지 않고 의연했고
밤낮 없는 열정으로 뜨거웠네
더러운 세상, 복직만을 바랐던 게 아니었는데
복직이 나의 양심을 혼절케 하였네
난 분노하지 않을 수 없었네
단지 그 이유만이 아니었지만
지금은 동지 곁을 떠나 있네

우리의 깃발 드날리고 있겠지
노동자들 옥죄었던 회산 건재하는가
죄다 툴툴 털고 나니 아무 것도 아닌데
이제 모든 걸 용서하고 싶은데
그러나 끝내
용서할 수 없는 것이 있네
노동자를 함부로 무시하고
탄압하였던 그 악랄함이네
노동조합의 깃발을 짓밟은 잔혹함이네
사랑하는 노동형제들이여
내 삶의 전부를 묻어두고 온 민주광장이여
나 죽었다고 슬퍼하지 말게나
나, 노동자로 가쁜 숨 몰아쉬었을 뿐
다시 두 눈 부릅뜨고
영영 살아있네
동지여 나 죽었다고 슬퍼하지 말고
민주노동인간해방 참세상 그날까지
나의 바램 기억해 주게나
사랑하는 동지여

박종국 경남 창녕 생. 경남민족문학작가회의로 작품 활동. 산문집 『제 빛깔
제 모습으로 함께 나누는 사랑은 아름답다』, 현재 경남 창녕 영산초등학교
근무. e-mail : jongkuk600@hanmail.net

손상열

봄은 검은 햇살이 되어 왔다
— 배달호 열사를 추모하며

봄은 언제나 내게
검은 햇살이 되어 왔습니다
광풍이 몰아치는 늦여름의 비바람 속에서
태풍의 핵 속에 잠든 날 깨운 당신은
늦가을 바람에 말없이 가슴 쓸어 넘기면서
겨울은 긴 그림자를 드리운 편지 한 장 보냈습니다

겨울이 가고
봄이 온 강원도 산골, 내 고향 뒷산에는
전쟁통에 폭격기가 마을 사람들 삼켰다는 그 무덤
꽃무덤
진달래 꽃 소복하게 피어도
그대 편지에 답장도 못하고
진달래 꽃물 든 진분홍 편지지에
빈 마음만 담고 있습니다

봄 햇살은 검은 빛깔로 다가와
두텁게 껴입은 내 마음을 기웃거리면
화들짝 놀란 두 눈은 먼 하늘을 머물곤 합니다

손상열 1964년 강원도 원주 생. 1989년 〈노동해방문학〉으로 작품활동 시
작. 〈일과시〉 동인. 현재 출판사에서 일하고 있음.

안윤길

떠나는 그대에게
—故 배달호 동지 영전에 바칩니다

이젠 영정으로 밖에 뵐 수 없는
순박하고 해맑은
그대 모습 보노라니
그대 얼마나 맑은 영혼인지 알 것 같소

저 간악한 두산자본의 가압류
해고당한 동지들을 볼 때마다
그리도 가슴앓일 했더란 말입니까
하지만 그런 것들조차
착취를 위한 탄압의 일종일 뿐 결국
추악한 자본이 그대를 죽인 것이오

그댄 나와 동갑내기
우리세대는 고만고만한
가난한 농사꾼 아들에서 노동자로
수없이 빼앗김의 세월 살아왔으니
이젠 편안한 삶만 누려도 부족하거늘

늙은 노동자의 생목숨까지 앗아가다니
정말 빌어먹을 세상이오

그대 한 많은 육신을 불태우고 가는 그곳엔
착취 없는 세상이길 빌겠소
이제 먼 길 떠나는 그대, 가시더라도
저 더러운 두산자본만은 절대 용서치 말고
두 눈 시퍼렇게 지켜보시구려

배달호 동지여!
그대 온 몸으로 보여준 메시지는
이제 산 자들의 몫으로 남겨두오
한 많은 세상
그래도 미련 남거들랑
고이고이 간직했다가
반드시 오고야말 저 성스러운 노동해방
해방된 세상에 환생하시구려

썩어빠진 자본세상이 어떻게 무너지고
노동해방이 어떻게 오는지를
지켜보시구려
저 하늘에 별이 되어

안윤길 1953년 경북 김천 생. 시집으로『배 만드는 사람들』등이 있다.

오도엽

유서

내가 꽃을 피우고
내 꽃잎이 떨어져야
달디 단 배가 열린다우

나는 내 할 일만을 했다우
하얀 꽃을 피었다우
내가 배꽃을 피운 것은
내가 해야 할 일이기에
내가 피고 져야
맛난 배가 열리기에
내 할 일만을 한 것이라우

남이 나를 아름답다
불러주길 바란 것도 아니다우
내 곁에 찾아와 예쁘다
칭찬 해주길 바란 것도 아니다우

내가 내 할 일에 열심일 때
나를 찾아 온 사람 하나
배꽃이 너무 아름다워
발길을 멈추게 했다구
시간을 빼앗았다구
할 일을 못했다구
배꽃 핀 가지를 뚝
잘라
내 목숨을 가압류 했다우

배꽃만이 아닌
내 잎마저
열매마저
가압류 당했다우

난
스스로 꽃을 떨굴 수밖에 없었다우
내가 배나무에서 해야 할일
꽃을 피운 일이 죄가 되어

오도엽 1967년 전남 화순 생. 제7회 〈전태일 문학상〉을 통해 작품활동 시
작. 〈일과시〉 동인. 시집 『그리고 여섯 해 지나 만나다』 등이 있음.

유동렬

동지에게 부치는 편지

오늘은 호루라기를 불었네
그대가 대오를 이끌 때
동료를 불러 모으고 앞장서던
투쟁의 숨결 배인 무기 들었네

그대 매서운 노여움을 담아
단결의 소리 참세상의 소리를
두산재벌 화형식 자리에서
눈물로 분노로 힘껏 불었네

하얀 호루라기 움켜쥔 채
그대 사무친 한을 풀어주리라고
악덕자본 응징할 결의 다지며
불매운동 불길 활활 태웠네

두산제품은 열사의 피눈물 뽑아

만들어진 착취의 몸뚱이였네
아 그대는 차가운 광장에서
두 눈 부릅뜬 채 지켜보고 있네

노동자 배달호는 죽지 않고 살아
당당하게 선봉에 서서 손짓하네
머리띠 매고 노래부르며 가네
민중이 부르면 언제든 달려오네

유동렬 마산 생. 무크지 〈마산문화〉 등단. 시집 『해오름을 찾아서』 외 다
수. 현재 프리랜서 작가, 논술강사.

이만호

오트론

만민 군단의 새벽 발자국
어린 동료들의 빨간 딱지
프랭카드 두른 천막 두 동이
악을 악을 써대며
바람 소리 저물어 갔다

이만호 1971년 생. 구로노동자문학회 회원으로 활동하고 있다.

이상순

유언

개똥밭에 굴러도 이승이 좋다는데
개똥만도 못한 노동자 내 신세
다 태워버리고 싶었네

손배로 묶이고
가압류로 묶여
푼돈만도 못한 월급
묵묵히 받아드는 아내의 그늘
창살에 가려진 구속동지들의 웃음
공장 울타리를 맴도는 해고된 동지
거리를 떠도는 수배 동지
빌어먹을 이놈의 세상
다 태워버리고 싶었네

죽으라 죽으라
벼랑끝으로 내모는 두산의 횡포는

내 몸 구석구석
암세포처럼 퍼져
무겁게 가라앉은 현장 속으로
한 발자국도 자유롭게 내딛지 못했네

세상을 움켜쥐려 드는 놈들을 향해
확! 내지른 불길에
오그라드는 살갗
뼛속까지 타들어가는 고통 속으로
떨어지는 아득함,
어쩜
활활 타오르는 내 육신에
처음으로 주인이 되었는지 모르겠네

실오라기 하나 없이 타들어간 몸
시커멓게 그을린 내 몸뚱아리
낯선 내 모습 앞에
몸을 떨어가며 오열하는 아내와
사랑하는 내 아이들을
보듬을 수 없는
위로 할 수 없는

전국에서 한달음에 달려온 노동 형제여!

내 몸이 얼어 붙었던 찬 바닥에
속울음 울며
고개 숙이지 말게
그 눈물이야 말로 세상을 태울 기름이지 않나
그 눈물이야 말로 자본을 녹슬게 할 파도이지 않나
노동자 분노 없이 세상이 돌아가기나 했나
노동자 투쟁 없이 역사의 수레가 움직이기나 했나

내가 태운 건 자본의 세상을 덮었던 가죽 뿐
얼굴을 들어 사방을 보게
아직 거뜬하게
죽은 이 몸을 노리는 저들
아직 거뜬하게
우리들 눈물을 비웃는 저들
이게 노동자가 살아갈 세상이지 않겠나
이게 노동자가 살아갈 이유지 않겠나

어여 가세나
세상에 대한 사랑으로 선택한 이 길
그대들 어깨 위에서 웃고 있는
이 몸 이고 열려진 세상으로
함께 가세나
차곡 차곡

내 몸을 덮은 국화꽃마냥
더러운 착취와 억압의 세상
차근차근 덮어 주게나
아름다운 저 깃발로
차근 차근 덮어주게나

이상순 1969년 강원도 횡성 생. 울산의 노동자들이 주축이 되어 활동하고
있는 〈우리글쓰기〉 모임의 회원이다.

내 몸을 덮은 국화꽃마냥

이영수

내가 아는 한 노동자

그대 사랑을 품은 영혼을
이제 노동이라 말하지 않아도 되리
눈물로 그대 보내고 나니
우리는 그대가 더 그립다

지척에 두고 보아야할 사랑하는 사람도 두고
새벽 내내 꺼지지 않는 불씨로 남아
그대가 우리에게 말하려 했던 걸 보면 안다
그 그리움 얼마나 절절했는지
내 몸이 다 따뜻하다

슬픔으로 우릴 채운 그대여
이제 분노라 말하지 않으련다
울지 않기 위해
서로 등 기대 모여 있는 우리
새벽 내내 따뜻하다

그가 지척에 두고 간
사랑 때문에

이영수 1998년 〈문학동네〉 등단. 2002년 시집『나는 안경을 벗었다 썼다한다』
가 있다. 2002년 개인전「새의 명상전」〈다층, 빈터〉 동인이며 민족문학경남작
가회의 회원이다.

그가 지척에 두고 간
사랑 때문에

이응인

노동자 배달호

2003년 1월 9일
새벽 6시 30분
창원시 귀곡동 두산중공업 노동자 광장에서
불꽃이 솟구쳤다.

한 생명이 스스로를 태웠다.

21년 동안 두산중공업에서 일해온 늙은 노동자.
고등학생인 두 딸과 아내, 칠순 노모를 둔 쉰한 살의 가장.

그는
2002년 회사의 부당 해고와 징계에 맞서 싸우다
7월 23일 구속되었고 9월 17일 집행유예로 나왔다.
회사에선 정직 3개월의 징계가 그를 맞이했다.
3개월이 지나고 12월 26일 현장으로 돌아왔다.
그를 기다리고 있는 것은

'손해배상청구' 와 '재산, 임금, 퇴직금 가압류'
회사는 그의 아파트와 월급 50%, 퇴직금까지 가져갔다.
신종 노동탄압 노비문서를 쥔 관리자들의 회유와 협박
파업 참가하면 5천만원 손배(손해배상청구) 떨어진다.
파업, 하려면 해봐.
더 무서운 건 그를 피하는 동료들의 눈.

아! 두산
2000년 한국중공업을 3,057억 원에 사들인 두산그룹
자산 11조 6천억원대로 재계 순위 10위권에 진입
2001년 1,124명의 노동자를 명예퇴직이란 이름으로 거
리로 내몰았다.
인원이 모자라자 명예퇴직한 사람들을 그 전
급여의 절반 수준으로 다시 채용
두산중공업
2002년 5월까지 노조를 인정하지 않고 임금과 단체협
약 협상을 거부
이를 참지 못한 노동조합이 5월 22일 파업에 돌입
하루도 지나지 않아 앞서 채결했던 단체협약을 모두 무
효화하면서 노조를 탄압
그리고 47일간의 파업
그 후 회사는 노조간부 89명을 징계 해고하고
22명에 대한 체포영장 발부

54명의 조합원에게 65억의 손해배상을 청구
이와 별도로 조합원 42명의 임금과 퇴직금 30억에 대해
가압류
11명에 대해서는 부동산 5억원을 가압류
그 뒤 다시 조합원들의 임금, 퇴직금과 부동산 10억원을
가압류*

노동자들은 약자들이기 때문에
자신의 권리를 지키기 위해 만든 것이 노동조합이다.
노동자의 권리를 지키기 위한 최후의 무기가 파업이다.
파업으로 지키려한 마지막 권리가
손해배상과 재산 가압류로 돌아오는 나라.
어디 그뿐인가.

노동부 특별조사반은 2003년 2월 24일 오전10시 창원
지방노동사무소에서 기자회견을 갖고
회사가 블랙리스트를 작성해서 부당노동행위를 해 왔음
을 확인했다.

  전부서가 10일 단위로 조합원 성향분석을 해 사장에게
보고하는 행위,
  관리자들을 짝 지어주어 수시로 가정방문을 하여 부인
에게 남편 관리 잘 하라고 하는 행위, 남의 집에 시도때

도 없이 전화를 하는 행위, 면담을 해서 노동조합에 대
해 어떻게 생각하고 있는가를 물어보고 이를 토대로 불
이익을 주는 행위, 파업도 하기 전에 불법파업이라고 선
전하는 행위, 그런 파업을 막기 위해 쟁의행위 찬반투표
를 사전에 조사하고 투표시간에 출장명령, 강제 월차 등
으로 방해하는 행위,

　파업 참가자들은 해고 1순위이라며 공포감을 심어주
고, 잔업에서 철저하게 배제하는 행위, 회사 말 듣고 파
업 기간 중에 집에서 노는 노동자들에게는 재택근무로
인정해 주는 행위, 노동조합에 열심인 조합원들은 승진
에서 누락시키고 보직을 주지 않는 행위, 파업에 참가
중인 조합원들을 설득하여 지리산 등반을 하거나 전어
회를 먹으러 가는 행위, 노동조합 행사가 있으면 절대로
월차나 연차를 허가하지 않는 행위, 대의원들을 공장 밖
으로 쫓아내서 들어오지 못하도록 하는 행위, 노동조합
행사에 참가하다가 1분이라도 늦으면 10분의 임금을 공
제하는 행위, 열성 조합원들을 출근부터 퇴근까지 철저
하게 감시하여 조금이라도 사규에 위반되면 징계하는
행위**

현장으로 돌아온 그는
설 자리가 없었다.
부·당·노·동·행·위

행위
행위
행위……

노동의 자리를 잃은 그가
불꽃으로 사라져
저 하늘의 별이 되기까지
65일이 걸렸다.

그 65일 동안
두산중공업은
용역 깡패들을 이용해 노조 간부들을 짓밟고
법을 이용해 가처분 소송을 내고
유가족을 이간질시키며 회유하고
그의 죽음을 더럽혔다.

그 65일 동안
그의 아내 황길영 씨와
노동자들의 이루 말할 수 없는 눈물겨운 싸움이 있었고
그 끝에
노동자 개인에게 지워졌던 손해배상과 가압류의 사슬이
벗겨졌다.

2003년 3월 14일
그는 전국에서 모인 2천여 노동자들의 가슴을 밝히고
양산 솥발산 공원묘지에 묻혔다.
그의 노동이 그제야 끝났다.
늙은 노동자
배달호.

* http://www.antidoosan.or.kr/
** 박 훈 변호사가 3월 7일 창원지법에 낸 '답변서' 중에서

이응인 1962년 경남 거창 생. 1987년 〈전망〉 5집으로 작품활동 시작. 시집
『투명한 얼음장』, 『따뜻한 곳』, 『천천히 오는 기다림』 등이 있고, 경남민족
문학작가회의 부회장, 밀양세종중학교에서 국어를 가르치고 있다.

장유리

부질없는 시
— 배달호 노동자의 죽음에 부쳐, 벗에게

벗이여,
내가 시 한편을 쓴다고
세상이 달라지는 건 결코 아니지만

벗이여,
내가 시 한편을 쓴다고
죽은 그대가 다시 살아오는 것은 아니지만

오늘 기름때에 절은 작업복을 입고 퇴근하는 그대들에게
일등석의 자리가 준비되지는 않았지만
많은 이들이 자리에 앉아 고개를 돌려 외면하지만

벗이여,
노동자라 말하는 사람들은 세상에 넘쳐나고
위에서 아래를 측은해 하는
눈높이가 다른 부끄러운 시를 민중시라 부른다지만

세상의 바닥에 닿아보지 못한 절망을
모르는 자는 감히 노동자라 말하지마라
썩어가는 송장의 진물 흐르는 입으로 하는 말을
들어보지 못한 시를 더 이상 민중시라 말하지 마라

벗이여,
허리 펴고 고개를 돌린 잠시의 휴식시간
어느새 하늘에 종달새 지저귀고
기계들의 소음도 잠든 퇴근시간에
그대들의 손과 발
피곤한 몸을 누일 집으로 가는 퇴근 길
등짝을 후려치던 겨울도 꽃샘바람도 가고
꽃이 피는구나
세상이 다 환하구나

하여 다시 벗이여,
내가 이 서툰 시 한편을 쓴다고
죽은 그대가 살아오는 것은 아니지만
떠났던 그 길로 하나 둘 꽃들이 피는데
만년설도 수 억년의 거대한 빙산도 서서히 녹아
덩어리째 없어진다지 않는가

장유리 1965년 경남 삼랑진 생. 1999년 〈시와 생명〉에 거미줄 외 7편 발
표. 밀양문학, 경남민족문학작가, 민족문학작가회의 회원이다.

정규화

가자! 노동해방의 불꽃 속으로
— 故 배달호 열사의 명복을 빌며

노동해방 지평 위에
치솟고 있는 저 불꽃
영원히 꺼지지 않을 것이다
배달호 열사가
몸 던져 지핀 불꽃이기에

불꽃은 우리 보다 먼저 가서
온 나라를 밝힐 것이다
피땀으로 가꾼 일터
두산중공업에서
오늘 우리는 첫발을 내딛지만

노동해방!
얼마나 기다렸더냐
우리의 절규였기에

우리의 희망이었기에
우리의 미래였기에
거칠고 험한 그 길 가면서
더러는 열사가 되고
더러는 전사가 되고
더러는 가압류를 당하고

가자! 어서 가자 동지여
이제는 머뭇거릴 까닭이 없다
안심하고 노동해방 지평으로
당당하게 나아 가자
노동해방 제전에 가서는
불꽃이 되자
몸과 마음 바쳐

기업주의 그릇된 버릇부터
고쳐 놓자
걸핏하면 손해배상 청구
걸핏하면 가압류
걸핏하면 구조조정

노동자는 봉이 아니다
사람대접 받고 싶고

착복하는 것 조금 더 나누자는 것이다

승리가 눈앞에 있다
한친들 물러설 수 없다
노동해방 그 날까지
동지여
우리도 꺼지지 않는
불꽃이 되자

그리하여 동지여
누구보다도 이 땅을 더 사랑하는
우리의 참 모습을 보여 주자
배달호 열사 만세
두산중공업 만세
노동해방 만세

정규화 1949년 경남 하동 생. 1981년 창작과 비평사 신작시집에 시 발표하
면서 시단에 나옴. 시집으로 『농민의 아들』, 『스스로 떠나는 길』, 『지리산
수첩』 외 다수. 경남민족문학작가회의 초대회장을 역임.

조혜영

제때

씨앗을 땅에 뿌릴 적엔
제때 싹이 트고
그 싹이 커서 몇 배의 알맹이를
거둬들이길 원하지만
수많은 씨앗 중엔
벌레에 파 먹히고 더러
썩어버리기도 하고
가뭄에 말라버리기도 하지요
하지만 그 중에 몇 놈은
제때 싹을 틔워 제때 꽃을 피우고
제때 여무는 알맹이가 되기도 하지만
어떤 놈은 제때 썩어
다른 알맹이를 여물게도 하지요
사람들아
살면서
제때 알아서 썩고 제때 피어나는 일보다

아름다운 일 없으리

조혜영 1965년 생. 인천노동자문학회 회원으로 활동하고 있다.

차준국

겨울나무
— 배달호형의 죽음을 생각하며

정들었으리라
공장 기둥 빔 속까지 정들었으리라
장갑 벗어두었던
그 언저리 어디들 정겨움이 묻어있지 않으랴

삶이 무거웠으리라
공장 기둥처럼 서있던
그 머리아래 어딘들……
마음속까지 무거웠으리라

사랑이 깊어
고독했을 때
담배물고 바라다보았던
겨울나무처럼
뿌리깊이 생명을 감추고

앙상함을 바람에게 내어주고 싶었으리라

고독이 깊어
분노를 삭히다 삭히다
흘렸던 뜨거운 눈물까지도
겨울바람에 싸늘히 식어 소름이 돋았으리라

재산가압류의 사슬에 숨까지 막혀
사슬을 벗으려 생명에 불을 지르면서도
사랑이며 자유를 남기고 싶었으리라

화산처럼
분노했던 주검이여
당신의 관에 손을 내밀어도
죽음에 이르는 길은
첩첩히 가로막혀 있는데
겨울바람은 나무가지에
싸늘히 소름을 돋구며 생명을 흔들어댑니다

차준국 1965년 생. 인천노동자문학회 회원으로 활동하고 있다.

문영규

사라지지 않는 함성
— 배달호 동지의 분신

그가 몸에다
불을 지핀 까닭은
그것만이 피할 수 없었던
선택의 공식은
현실의 고통이
불보다 뜨거웠기 때문입니다
그의 현실은
지옥이나 다름 없었습니다
아니 지옥의 불가마보다
더 고통스러웠기 때문에
스스로 몸을 태웠습니다

그는 갔지만
오늘
찬바람처럼 살을 에이는
비명은 남았습니다

검은 하늘을 찢는
피맺힌 함성에 놀라
아득히 모든 생각이 달아나고
텅빈 가슴입니다

검게 타버린
절정의 함성
바로 우리의 현실
통한의 절규로부터
이제 우리의 생각은
이 절규로부터 시작 되야 하기에
엄숙한 마음으로
그의 함성을 품습니다

결코 잊어서는 안될
가슴을 찢는 함성
아
언제까지나
노동의 시간은
강철로 된 무지개*란 말입니까

* 이육사 「절정」

조국이여!
— 분신한 배달호 동지의

깃발을 휘날리며
주먹을 휘두르며
조국이여 조국이여
시퍼렇게 날 세운
조국이여

올가미를 씌우며
낭떠러지로 밀어붙이며
납덩어리처럼 무겁게
모가지를 짓누르는
조국이여

쿨룩쿨룩 그래도
나의 조국이여
나의 사랑
짝사랑 조국이여
선진 조국이여
세계화의 조국이여

그러나 끝내
나를 배신한
조국이여
장작더미를 쌓아두고
죄 없는 나를
화형 시키려는
비정한 조국이여

동지들이여
아내여 부모 형제여
내 아들들이여
마지막으로 불러보며
마지막으로 올려다본
붉은 조국의 하늘이여
활활 타오르는
조국의 하늘이여
나의 하나뿐인 조국이여
뜨거웠던 조국이여
지옥의 불가마 보다
뜨거웠던 조국이여

청춘을 앗아간

밑천이라고는 하나뿐인
뭄뚱이마저 송두리째 앗아간
이제는 싸늘히 식어버린
얼어서 버석대는
냉담한 조국이여
조 국 이 여

밑천이라고는 하나뿐인
뭄뚱이마저 송두리째 앗아간
이제는 싸늘히 식어버린
얼어서 버석대는
냉담한 조국이여

새로운 희망
— 배달호 열사

다쳐서 시커멓게 죽었던
손톱이 빠지고
새 손톱이 가까스로 나왔다
다치던 날
아려서 잠 못 이루었던
아픔을 견디고
하얀 새 손톱이 나왔다

무자비한 이 시대에
다시 살아난다는 것은
기적과도 같은 일
손톱인들 저절로 나왔으랴
야만의 시대에
작은 희망인들 공짜로 생기랴

이 땅의 한 노동자는
몇 날 밤을 욱신거리는 가슴으로
뒤척이다가 끝내 삶의 희망 하나

붙잡지 못하고
몸을 사루었다

가진 밑천 하나뿐인
마지막 하나뿐인 몸을 던져
활활 장한 빛이 되었다
새 희망이 되었다

봄비
— 배달호 열사를 생각하며

봄비 내린다
찬비다
흐르는 빗물에
막막한 슬픔 하나
떠내려 간다

그렇구나 그것은
목마른 들판을 적시는
봄비 때문인지도 모른다
험한 노동의 세월을 버틴 것은
마른 뿌리를 적시는
봄비의 포근함과
비 갠 뒤의
아늑한 햇살 때문인지도 모른다

흐르는 빗물에
가슴에 박인 굳은살 조금
씻겨 내린다

그렇구나 그것은
희망 없는 세월을 아직도
아슬아슬 버티는 것은
흙 속의 씨앗과
뿌리를 달래는
봄비 때문인지도 모른다

아랫도리에
봄기운이 감긴다

그렇다 봄비는
감도는 이 봄기운은
혼령의 기운이다
간절한 혼령의 기운이다

배달호 열사는

그렇다 마다요
님께서는
공양이 되었지요
거룩한 공양이 되었지요
부처님께 올리는
공양이 아니라

바로
이 땅 노동자들을 위해
깜깜한 암흑 속의
노동자들을 위해 올리는
소신공양이 되었지요

문영규 1957년 경남 합천 생. 〈일과 시〉동인 4집으로 작품활동 시작. 1995년 〈마창노련문학상〉을 받았다. 시집 『눈 내리는 저녁』(2002, 갈무리)이 있다. e-mail : m-agato@hanmail.net

배재운

겨울나라

달이 가고
해가 바뀌어도
바람은 여전히 차갑습니다
오뉴월 뙤약볕에서도
등골 서늘한 한기를 느낍니다

구조조정 정리해고
손배소 가압류

말로는 모두
세상 좋아졌다 하지만
예나 지금이나
움츠리고 살아야 하는
노동자에겐
언제나 싸늘한 겨울입니다

전태일
배달호

육신을 불살라
봄을 지펴야 하는 이 땅은
아직도 겨울나라입니다

이 땅에서 노동자로 산다는 건

못난 아빠 용서해라*
수 없이 되뇌며
어깨 무거운 오십 대 가장
불길 속으로 걸어갔습니다

두둑한 용돈 한번
사랑스런 눈길 한번
제대로 주지 못하는
언제나 쫓기듯 살아가는
한 지붕 이산가족
노동해방이 올 그때까진
이 땅에선 죽어도 못난 아빠입니다

* 배달호 열사가 분신전에 딸에게 한 말

그 날

펄럭이던 깃발도
거칠게 몰아치든 파도도
고개 숙였습니다

2003. 1. 9

고소 고발 징계 해고
월급에다 재산가압류
이웃과 친척까지 올가미 씌워
옴짝달싹 못하게 하는
거대한 자본에 맞서
당신은 온 몸 던졌습니다

일터를 사랑하고
동지를 사랑하는 그 마음
민주광장을 지키는 별이 되었습니다

딱지

어릴 적에 하던 딱지치기
따고 잃는다는 것 보다
서로 어울려 재미있게 놀 수 있다는 게 좋았습니다
나이 들어 사랑할 때는
딱지맞을 수도 딱지놓을 수도 있었습니다
생김새나 가진 정도에 따라 조금은 불공평하지만
불꽃 튀는 정열이 있어 그래도 괜찮았습니다
하지만
어느 날 노동자라는 딱지가 붙게 되면
그것은 한평생 짊어지고 가야할
벗을 수 없는 멍에가 됩니다

이쯤 되면
딱지놓을 수도 없습니다

어른대접

새파란 나이에 시작한 공장생활
봄이 오는지 가을이 가는지도 모르고
일만하다 보니
어느새 형님소리보다
아재 영감소리 듣는 고참이 되어 있다

아직은 팔팔한데
아직은 한참 벌어야 하는데

일만 생겼다 하면
나이 많은
일당 많은
고참 먼저 드시라고
명예퇴직 희망퇴직 정리해고 한 상 차려놓고 기다린다

배재운 1958년 경남 창녕 생. 2001년 제10회 〈전태일 문학상〉을 받았다.
창원 공단에서 20여년 일하다 퇴직하고 현재 식당 일을 하고 있다.
e-mail : janwoon1958@hanmail.net

이규석

아침

2003년 1월 9일*
숨통 조여 오는 가압류에 눌려
마지막으로
선택할 수밖에 없었던
불꽃이 된 열사의 삶
화살처럼 날아와
무딘 가슴을 깨우는
아침입니다

* 배달호 동지가 분신 사망한 날

우리는 압니다
—故 배달호 동지 영전에

한 잔의 술에도 쉽게 마음 열리고
서로 울고 웃으며 정 두텁게 사는
우리 노동자들
가진 건 몸 하나 뿐

당신께서는
얼마나 피 말리는 억압에 시달렸으면
몸을 사루었겠습니까

당신께서는 알고 있었습니다
이 땅의 노동자로 산다는 게
얼마나 가슴 아픈 고통이 많은지

물가 오르는 만큼도 못 따라가는 월급인상
십 년 넘도록 일해 얻은 작은 집
별따기처럼 어려운 취직을 위해
따지지 않고 보증 서준 그 인심까지
모두 가압류 당하는

이 땅의 노동자 앞에
당신은 가압류의 사슬 태우는
불꽃이 되었습니다

거머리

이 핑계로 임금을 묶고
저 핑계로 구조조정의 칼 번득이며
손해배상 월급 가압류
열심히 일을 해도
자꾸만 허기지는 살림살이 앞에
피둥피둥 살쪄 가는 사장을 떠올리다
온 가족이 모심기하던 날
끈질기게 달아붙어
피 빨아 먹고 볼록해진
거머리가 생각난다

저 거대한 자본의 힘에
더 빼앗길 수 없고
더 빼앗길 것도 없는
우리는
징글징글한 거머리
확 떼 내어
땡볕에 바싹 말렸던
그 기억
잊지 않고 있다

기계
— 배달호 열사는 아직도 눈감지 못하고 있는데

왠 아우성들일까
아직 어두운 밤인데
누구 집에 도둑이 들었나
누가 사고를 당했나
에라 모르겠다
남의 일 아닌가
잠이나 더 푹 자야지

한순간 악몽처럼
목을 짓눌러 오는 손길에
눈을 뜨는 순간
손발이 꽁꽁 묶인 채
공장을 위해
내 꿈마저 갉아먹는
잘 돌아가는 기계가 된다

새로운 노사 문화
— 일간지 광고를 보고

임금과 복리후생이 국내 최고라는
두산중공업이
단체 교섭 거부는 정당하고
파업은 불법이라 했다

파업 기간 동안은
무노동 무임금에
매출에 대한 손실
차압으로 붉은 딱지 붙인다

가압류의 붉은 딱지
사람의 눈을 가리고
일 하는 즐거움의 발목도 잡아
다시 노예로 만들려 하고

회사의 미래가 있어야
노조도 존속할 수 있다는
두산중공업은

개방된 해외 시장의 과잉으로
불법 파업 때문에
살아남을 수 없다지만
노동자를 차압해 발목을 묶어 놓고
새로운 노사문화라 한다

이규석 1958년 경남 함안 생. 1987년 〈고주박〉동인으로 작품활동 시작. 동
인지 『내 영혼 가까이』 등 다수. 경남민족문학작가회의 회원.
e-mail : rgs1009@hanmail.net

이상호

길

안개 자욱한 아침입니다
횡단보도 앞에 멈추어 섰습니다

뉴스에서 들은
배달호 열사의 분신 소식이
빨간 신호등에 걸려 있습니다

온몸으로 지켜가는
일터에서 내 몰리다
월급마저 가압류 당한
가장의 삶이
얼마나 처절 했으면
목숨으로 희망을 구했겠습니까

신호등 파랗게 바뀌어도
앞이 깜깜하기만 합니다

달라진 것은 없다

1970년 11월 13일
한 사람이
근로기준법을 지키라며
생목숨을 바쳐
세상을 멈추고자 하였습니다

2003년 1월 9일
한 사람이
노조탄압중지
해고자 복직
가압류 해제를 외치며
세상을 멈추고자 했습니다

달라진 것은 없습니다
그때나 지금이나

열사여 열사여

이 참혹한 노동의 수레바퀴를
더 이상 굴러가게 해서는 안된다
피 말리는 노동의 굴레에서
내 아이들만은 벗어나야 한다
이 한 몸 태워서라도
걷어내고 싶다
세상을 멈추게 해서라도
햇살에 쫓겨 가는 아침 안개처럼
이 추악한 자본의 모습을
보여주고 싶다

몇 십 년을 일 한 일터에서
얼마나 억울했겠습니까
얼마나 가슴에 사무쳤겠습니까
손해배상 철회하라
해고자들 복직시켜라
월급 재산 가압류를 해제하라

이 많은 짐을

열사께서는 다 가지고 가셨습니다

열사여 열사여
아무리 외쳐 본들
내가 아니면 할 수 없다고
다짐에 다짐을 수없이 했을
열사의 길을
어떻게 만분의 일이라도
따라 갈 수 있겠습니까

열사께서는 다 가지고 가셨습니다

그는 확신 했습니다

그는 성실한 가장이었습니다
그는 평범한 노동자였습니다
그는 한 공장에서 몇 십년간 열심히 일만 했습니다
그는 눈뜨기 시작했습니다
그는 대의원이 되어 호루라기를 불기 시작했습니다
그는 교습위원이 되어 조합원을 대표하는 한 사람이 되
었습니다
그는 회사측의 눈에 가시가 되었습니다
그는 징계에 월급 가압류까지 받았습니다
그는 해고자들 보기가 괴로웠고 유서에는 미안하다고
썼습니다
그는 다윗이 되어 거대한 골리앗 자본의 성에 도전장을
내밀었습니다
그는 확신했습니다
이 땅 노동자들도 희망을 가질 수 있다고

등대

홀로 밤바다를 지키는
등대는
외로워하지 않습니다

지켜주고
지켜가야만 하는 약속은
끊임이 없습니다

쉼 없이 밀려드는
파도가 항상 함께 하지만
칠흙 같은 어둠이라도
제자리를 지킬 수 있는 것은
저 먼 망망대해에서
조마조마한 가슴 쓸어내리며
키를 바로 잡는 이가 있을 것이라는
믿음이 있기 때문입니다

그러나
외로울 때도 많습니다

누군가를 원망하고 싶을 때도 있습니다

하지만
잊지 않고 찾아오는 갈매기들
오며가며 소식 전해주는 뱃고동 소리 있어
이 길
묵묵히 갑니다

이상호 1971년 경남 창원 생. 1999년 〈들불 문학상〉을 받았다. 현재 경남
민족문학작가 회원으로 활동하며, 마산에서 노동자로 일하고 있다.
e-mail : lshlk@hanmail.net

이한걸

행렬

또 한 노동자가 죽었다
해고 구속 손배 가압류
숨 막혀서 죽었다
손자병법에도
적의 퇴로는 남겨 두라 했는데
단번에
노조 숨통 끊으려는 재벌의 횡포
나날이 더해지는 노동 강도
턱밑까지 조여 오는 고용 불안
얼마나 더 많은 희생이 있어야
안정된 일터가 될 것이냐

모순

끼니를 굶는 아이들도
그렇게 배울 것이다
대한민국은
민주주의를 꽃피운 나라
자유와 분배를
공평하게 누리는 나라
땀 흘리는 사람이 대접 받는 나라
노동자
농민이
거듭 분신을 할지라도
우리 아이들은
그렇게 교육을 받을 것이다

정글

풀을 찾아 끝없이 이동하는 누우떼
강이 가로막고 있다
사막과 초원을 가르는 경계의 강에
굶주린 악어
비껴갈 수 없는 외길
모였다 흩어졌다 반복하며
선뜻 행동하지 못하는 누우의 불안
머뭇거리기를 사흘
마침내 한 마리 뛰어들었다
까맣게 몰려드는 악어떼
한 마리 누우가
갈갈이 찢어지며 참혹하게 죽는 사이
무사히 강을 건너는 누우의 행렬
초원에는 냉혹한 정글 법칙만 있다

그대를 생각하며

그대 흔적 곳곳에 남아 있습니다
낡은 작업복 땀에 절은 안전화
방금 화장실에 간 듯
반듯하게 자르기를 고집하던
산소 절단기에 장갑이 얹혀 있습니다

그대 선한 목소리 귀에 쟁쟁합니다
생산보다는 안전을
경쟁보다는 화합을
평등한 세상 만들자며
언제나 약한 자의 바람막이였습니다

오랜 세월 참 정이 깊었던 사람
이제 억압의 고통서 해방되었는지요
슬픔을 삭이고 다시 일을 하려니
그대의 환생인 듯
비둘기 한 마리 광장 위를 날고 있습니다

아, 배달호

이제는 그 선한 얼굴은 볼 수 없다
숨 막히는 파업 투쟁의 선봉에서
광장이 들썩이도록 구호를 외치던 사람
울분을 못 이겨
집행부보다 앞서려는 사람
자본의 회유에 슬슬 꽁무니 빼는 사람
가차없이 호통 치던 사람
가냘픈 체구 어디에 그런 배짱이 있었을까
사랑이 있었을까
누구나 말 못할 일은 있으련만
공과 사를 분명히 지켰던 사람
너무 분명해서 오히려 탈이었던 사람
그 호루라기 소리에 맞춰
벌떼처럼 모였다 흩어지는 마술 같은 힘
구비구비 두산중공업
노동조합 역사를 온몸으로 굴려 온 사람
아낌없이 목숨 던진 사람
타오르는 불길 속에 까맣게 재가 되어서도
동료를 걱정하던 사람

이제 다시는
그 우렁찬 목소리를 들을 수 없다

이한걸 1950년 강릉 생. 1994년 〈근로자문학상〉 받음. 1998년 경남신문
신춘문예 수필 당선. 현재 창원특수강[주] 근무.
e-mail : l-rorxh@hanmail.net

정은호

구속

양손에 수갑 차고
끌려가지 않아도
벽 높은 감방에 갇혀있지 않아도
우리들 생존의 벌판
깊숙이 파고든 손길

노동자 관리리스트
A, B, C 등급
A: 특별 관리대상
B: 잡무 우선배치
C: 특근 잔업 전혀 없다

이 땅
이 땅에
나는 지금 구속 중이다

슬픔만큼이나

어제새벽
배달호 동지
분신을 했다

늘 짐승같은
거대한 재벌을 향해
온 몸 던져 불 태워야
살아나는
아귀같은 세상

답답한 가슴
얼마나 많은 날을
망설이며
아픔 삭이려 했을까

죽어야
살아나는
우리들 노동자 들판에
슬픔만큼이나 검게 그을린

동지를 새긴다

이 땅에서
노동자로 산다는 것
이리도 참담한가

동지를 새긴다

이 땅에서
노동자로 산다는 것
이리도 참담한가

영정

노동조합 사무실
한 쪽 벽에 걸려 있는
동지의 영정
휴식시간 조합사무실 오르내리며
보게 되지만
눈빛 마주치기가
부끄럽다

동지는 죽음으로
노동자가
살아나는 세상
만들고자 했지만
공장이 다르다는
핑계만으로
문상 한 번 가지 못했다

노동조합 사무실에 영정이 걸린지도
한 달이 다되어 간다

부검

누가
검게 탄 동지의 시신을 두고
죽음을 의심하는가

동지의 가슴을 열어
평생 노동자로 살아온
피멍든 한이라도
보겠다는 것이냐

동지의 결백만큼이나
가슴 열어보지 않아도
우리들은 안다

언제쯤
— 분신 40일째

아직도 차가운 냉동탑차에 누워있다

민주광장에서 지켜보겠다던 동지

동지의 뜻 세워보려 하지만
아직도 완강한 재벌

갑갑하고 답답한 시간만 간다

언제쯤
노동열사 만장 앞세워
동지를 편히 쉬게 하나

정은호   1965년 경남 진주 생. 1999년 〈들불문학상〉 받음. 현재 경남민족
작가회의 회원. e-mail : 0119535@hanmail.net

표성배

일요일 오후에

부는 바람이야 어쩔 수 없지만 바람에 꽃 소식이라도 묻어 와 공장 뒷산이며 화단 여기저기에 개나리며 벚꽃이라도 꽃눈 튼다면, 동지를 잃은 마음이 조금은 위안이 되겠다 싶은 그런 날입니다.

쉼 없이 돌아가던 공장도 숨죽인 일요일 오후, 날았다 앉았다 여념이 없는 갈매기들 울음소리 너머 무학산이 기지개를 켜자, 겨우내 꼼짝없이 쌓였던 눈들이 마지막 아우성을 지르며 사라져 가는 시간, 동지들의 뒷모습이 오늘따라 더 진지해 보입니다.

무거운 구호들을 짊어진 깃발들도 덩달아 경쾌해 보이는 것이, 동지의 뜻 키울 봄비라도 포근포근 오려나 봅니다.

이제까지 무겁게 진 짐, 남은 자에게 다 맡겨두고, 호루라기는 그만 부셔도 되겠습니다. 명복을 빕니다.

보고싶다

등이 시리다

꼬박 5일을 누워있었다
실오라기 하나 걸치지 않고
바람은 또 왜 이리 부는지
언제까지 시멘트 바닥에 누워

하늘을 보아야 하는가

하기사 돌아보면
우리네 삶이 언제 한 번이라도
등 따순 시절이 있었던가
이나마 모여 소주잔 돌리며 목청 돋구고
끄덕도 하지 않는 저 공단하늘 향해
팔이라도 뻗을 수 있으니

아직 누워 있을 만 하다

누워있자니

깃발 흔들리는 소리가 아름답다
날 부르는 목소리가 슬프구나
공장 앞 푸른 물이 시퍼렇게 날세워
방파제를 향해 진격하는
꿈을 꾸기도 하는구나

　미안합니다*

너무 오래 누워있는 것은 아닌지
이러다 혹 일어나지 못하는 것은 아닌지
자꾸 불안하다

누워 있자니 눈물이 난다
피도 눈물도 없는 인간들 때문이 아니라
함께 일하고
함께 웃으며
함께 어깨 걸었던
조합원들이 보고 싶어
미칠 것만 같다

팔칠년 팔팔년 마창노련 전노협 민주노총
쉼 없이 달려온 우리동지들
정말 보고 싶어 눈물이 난다

흐르고 흘러 눈물이 마르기 전에

동지들을 만나고 싶다

저 방파제를 향해 달려드는 파도처럼
깃발 높이 들어 민주광장을 가득 메우고
함께 어깨 걸었던 조합원동지들
내 눈물을 닦아줄
동지들
동지들이 보고싶다

* 2003년 1월 9일 분신 사망한 두산중공업 배달호노동열사가 남긴 유서 중에서

설

하늘이 너무 맑아 불안하다

그렇게도 멈추고자 했던 공장은
거짓말 같이 조용하다
공장 지붕 귀퉁이에는
고향 잃은 비둘기 몇 마리
날개 접은 채 우릴 내려다보고 있다
두 눈에 핏발선 사내 몇
소주잔을 돌리며
말없이 화톳불을 지핀다

오늘은 설이다
 한 달이 되어 간다 몇 번의 협상과 대대적인 집회 시가
행진 신문보도 티브이 방송 서울본사 항의투쟁 불매운
동, 삼천만이 고향을 향해 장사진을 친다는 설날이 되어
도 우린 고향을 찾을 수 없다

 설 연휴 내내 간간이 부는 바람에
 하얀 소문들이 실려와

시퍼런 칼처럼 번 떡일 때마다
우린 뭍으로 뭍으로 밀려드는 파도처럼
냉동탑차*를 중심으로
더 견고한 스크럼을 짠다

우리가
스크럼을 두껍게 만들수록
공장 문은 더욱 견고해졌다
귀성 차량으로 전국의 길이라는 길이
다 막혔다는 뉴스를 들으며
고향에 계신 어머니를 생각한다

* 시신의 보호를 위해 냉동탑차에 고인을 모심

두꺼비집을 내리다

부슬부슬 비 내리는 일요일
밀린 숙제를 하듯
객토동인 기획시집 원고를 쓰기 위해
컴퓨터 앞에 앉아
마음을 가다듬어 본다

배달호

한 노동자의 죽음 앞에
비도 소리 없이 내리고
숨죽인 바람 앞에 만장도 펄럭이지 않는
슬픈 나라가 있을까 하는 생각에
마음이 아프다
각종 지표에 나타나는 수치를 따져 보면
우리 보다 어려운 나라도 많은데
내가 알기로는
한 노동자의 죽음이
세상을 떠들썩하게 한 예는 없는 듯 하다
이러한 때에 내가 할 수 있는 일이란

컴퓨터 앞에 앉아 글자를 새겨 넣는 일 밖에
달리 할 일이 없지만
죽음으로 세상을 멈추게 한 일을
어떻게 표현할까
두꺼비집을 내리면 온 집 안이 캄캄하듯
당신이 세상을 멈추게 한 힘을
나로서는 표현 할 수가 없다

호루라기

예년보다 봄이 빠를 거라며
뉴스는 친절하지만
창원 귀곡동 앞바다는
성난 파도만 철썩입니다

괜스레 마음 잡지 못하고
이리저리 작업장 둘러보다
마음이 다 환해졌습니다
언제 피었을까
공장 처마 밑에 떡하니 자리잡은
민들레 무더기

노란 민들레꽃 보면서
공장생활 십 몇 년인데도
작은 꽃 하나 피워 본적 없는
우리들을 위해
쓸쓸히 호루라기를 불었던
한 사람을 생각합니다

바람부는 오늘
민들레 홀씨 날릴 때마다
호루라기 소리
들리는 듯 합니다

표성배 1966년 경남의령 생. 한국방송통신대 국문학과를 졸업했다. 1995
년 제6회 〈마창노련문학상〉을 받았으며, 시집으로 『아침 햇살이 그립다』
(2001, 갈무리)가 있고, 현재 경남민족문학작가 회원으로 활동하고 있다.
e-mail : p-rorxh@hanmail.net

본적 : 경남 김해시
주소 : 마산시 회원구 회원2동
생년월일 : 1953년 10월 14일
입사: 1981년 1월 22일

〈가족관계〉
모친과 부인(황길영)과 두 자녀(84년 생, 86생)가 있고 2남 4녀 중 장
남으로 태어났다.

〈노동조합 활동 이력〉
제 2대(1988년) : 대의원
제 7대(1993년) : 대의원
제10대(1995년) : 노사 대책부장, 민영화 대책위원
제11대(1997년) : 대의원(제3지구 대장), 민영화 대책위원
제12대(1998년) : 대의원, 파견대의원, 민영화 대책위원
제13대(1999년) : 대의원(제3지구 대장), 운영위원
제15대(2001년) : 대의원, 파견대의원, 2002년 교섭위원

2002년 7월 23일에 구속되어 9월 17일에 집행유예로 출소
(징역 1년, 집행유예 2년)

〈분신투쟁일〉
2003년 1월 9일 두산중공업 내 단조공장 서편(현재 분신자리 보존 중)

*자료제공 : 배달호열사 정신계승 사업회 http://www.baedalho.or.kr

마이노리티시선 18 호루라기 배달호 노동열사 추모시집

지은이 〈객토문학〉 동인
펴낸이 조정환, 장민성
책임운영 신은주 편집부 양돌규 출판부 이택진 마케팅 오주형

펴낸곳 도서출판 갈무리 등록일 1994. 3. 3. 등록번호 제17-0161호
초판인쇄 2002년 9월 19일 초판발행 2002년 9월 29일

주소 서울 마포구 서교동 467-1호 파빌리온 오피스텔 304호 (121-842)
전화 02-325-1485 팩스 02-325-1407
website http://galmuri.co.kr   e-mail galmuri@galmuri.co.kr

ISBN 89-86114-55-0 / 89-86114-26-7 (세트) 04810
값 6,000원

★ 잘못 만들어진 책은 바꾸어 드립니다.

이 시집은 경상남도 문예진흥기금 일부를 지원받아 출간되었습니다.